edition suhrkamp 3318

Redaktion: Günther Busch

Am 29. Juni 1970 hatte am Deutschen Schauspielhaus in Hamburg Thomas Bernhards erstes Theaterstück, *Ein Fest für Boris*, in der Regie von Claus Peymann Premiere. In den beiden folgenden Jahrzehnten sollten die Stücke dieses Autors das deutschsprachige Theater entscheidend prägen. »Wenn Thomas Bernhard Theater macht, Theater auf dem Theater, dann wird's gleich Endzeitkomödie. Dieser Theatermacher kann nicht anders, denn er ist einer der seltenen Humoristen deutscher Sprache, auch und gerade dann, wenn er mit Entsetzen Scherz treibt.« *Ulrich Weinzierl, Frankfurter Allgemeine Zeitung*

Thomas Bernhard, geboren 1931 in Heerlen bei Maastricht/Niederlande, starb 1989 in Gmunden/Oberösterreich. Sein umfangreiches Werk wurde vielfach ausgezeichnet und in viele Sprachen übersetzt.

Thomas Bernhard
Ein Fest für Boris

Suhrkamp Verlag

Einmalige Sonderausgabe 1996

edition suhrkamp 3318
Erste Auflage 1970
 Satz, in Linotype Garamond, Druck und Bindung bei Georg Wagner, Nördlingen. Umschlagtypographie: Willy Fleckhaus.

1 2 3 – 96

»Zugegeben, daß Premieren gewöhnlich unerträgliche Examen und eine Verhöhnung der Kunst sind.«

Alexander Blok

Im Haus der Guten

Personen

Die Gute, *beinlos*
Johanna
Boris, *beinlos*
Dreizehn beinlose Krüppel aus dem Krüppelasyl
Zwei Diener
Zwei Pfleger

Alle Beinlosen in Rollstühlen

Erstes Vorspiel

Leerer Raum. Hohe Fenster und Türen.

DIE GUTE *rechts*

JOHANNA *tritt von links mit einem Tisch ein und stellt ihn neben die Gute*

DIE GUTE

Es ist kalt

JOHANNA *rückt den Tisch noch näher an die Gute heran und stellt sich selbst hinter sie*

DIE GUTE

Es ist doch kalt
Bringen Sie mir die Decke

JOHANNA *zögert*

DIE GUTE *herrscht sie an*

Bringen Sie mir die Decke
Mich friert
weil ich schon eine Stunde da sitze
und mich nicht rühre

JOHANNA *will gehen*

DIE GUTE

Warten Sie
warten Sie
Haben Sie die Briefe aufgegeben
die Briefe den Brief an das Asyl
an den Bürgermeister
an den Polizeidirektor
erkennt, daß sie sie nicht aufgegeben hat

Also zerreißen Sie sie
werfen Sie sie weg

JOHANNA *will weggehen*

DIE GUTE

Nein bringen Sie sie her

JOHANNA

Alle

DIE GUTE

Alle
Heute sind es grüne
und morgen wieder weiße Kuverts
und so weiter
Sie lachen schon länger als drei Jahre darüber
Wenn Sie nur diese Krankheit aus mir herauslachen könnten
Bringen Sie mir doch die Briefe her
damit ich sie alle zerreißen kann
Alles ist jeden Tag tagtäglich
eine Wiederholung von Wiederholungen
Die ganze Nacht und den ganzen Vormittag
habe ich wieder Briefe geschrieben
Unwahrheiten
Unzulänglichkeiten
Lügen
Lügen von Lügen
Warum lüge ich
Alle diese Lügen sind Verfinsterungen
daß alles wahr ist und wirklich
schreiend
Warum verbieten Sie mir denn nicht

Briefe zu schreiben
Wenn ich nur plötzlich
ganz plötzlich
keine Adresse mehr wüßte
von den Adressen nichts wüßte
keine Adresse
Wenn mir plötzlich kein Name
kein einziger Name mehr einfiele
Wenn ich nichts mehr wüßte
was mit diesen Adressen und Namen
zusammenhängt
Es tötet mich
es tötet mich Johanna
Aber jede Nacht schreibe ich diese Briefe

JOHANNA *ab*

DIE GUTE
Eine einzige Lüge
alles
schreit ihr nach
Daß Sie mich keine Briefe mehr schreiben lassen
Warum nehmen Sie mir denn nicht das Briefpapier
weg
Nehmen Sie es mir doch weg
Wenn Sie sehen daß ich anfange
Briefe zu schreiben
daß das Wahnsinn ist
Unwahrheiten
Lügen
Ich befehle Ihnen mich keine Briefe mehr
schreiben zu lassen

zu sich
ich will einschlafen
und kann nicht einschlafen
und ich denke nach
wieder laut
Und dann befehle ich Ihnen
mir das Briefpapier zu bringen
und Sie bringen mir das Briefpapier
zu sich
ich muß etwas tun
wenn ich nichts tue
nichts
fürchterlich

JOHANNA *mit den Briefen herein*

DIE GUTE
Geben Sie her
versteckt die Briefe in der Tischlade
Später
später
Warum gibt es denn heute keine Zeitungen

JOHANNA
Sie streiken

DIE GUTE
Wer streikt

JOHANNA
Die Drucker

DIE GUTE
Die Drucker

JOHANNA
Alle streiken

DIE GUTE
Alle streiken
Auf einmal streiken alle
Alles streikt
Alles
JOHANNA
Überall wird gestreikt
DIE GUTE
Alles streikt
Dieser Streik wird sich auch auf uns auswirken
Wenn er lang dauert
Ist genug Gemüse im Haus
Obst
Fleisch
Wenn der Streik länger dauert
Alles deutet darauf hin
daß der Streik länger dauert
Keine Zeitungen
das ist fürchterlich
Die Inserate
Die Mordfälle
und das Wetter
Von den Büchern abgesehen
gibt es keine Abwechslung mehr für mich
Bringen Sie mir doch die Decke
JOHANNA *ab*
DIE GUTE *sinniert*
Lesen lesen
laut
Übrigens haben Sie mir gestern wieder

ein Theaterstück gegeben in dem ein Mann vorkommt
der keine Beine mehr hat
mit Vorliebe geben Sie mir in letzter Zeit eine Literatur
in der Verkrüppelte eine Rolle spielen
infam
aber ich verzeihe Ihnen
wir verzeihen uns
Sie sind ja nicht böswillig
Sie sind bösartig
nicht böswillig
dieser kleine Unterschied auf der zweiten Silbe
macht Sie mir immer wieder erträglich
Verbieten Sie es mir jemals wieder einen einzigen Brief zu schreiben
Sie müssen es mir versprechen

JOHANNA *mit einer Decke herein, deckt die Gute zu*

DIE GUTE

Ich kann nicht einschlafen
und lese diese Romane diese Theaterstücke
plötzlich laut
Machen Sie doch die Fenster auf
ich ersticke

JOHANNA *öffnet die Fenster*

DIE GUTE

Sie müssen es mir unmöglich machen
unmöglich
Wenn ich die Briefe nicht abschicke
macht es nichts

leise
Sie müssen es verhindern
es mir verwehren
Die Wahrheit ist daß kein Mensch von mir einen
Brief will
niemand
nichts
weil ich immer auf einem einzigen Fleck sitze
Da da
fällt mir natürlich viel ein
mir fällt so viel ein daß ich Angst habe
meine Einfälle könnten tödlich sein
meine Einfälle
Niemand hat Zeit für Briefe
Für Einfälle
es ist wahr die Leute haben keine Einfälle
weil sie keine Zeit haben
für Einfälle
und sie haben keine Zeit
weil sie keine Einfälle haben
niemand lebt gern gespenstisch
Ich habe die längste Zeit
und ich habe gar keine Zeit
das ist mein Unglück
Mich langweilen meine Einfälle
Wenn ich auf einmal keine Einfälle mehr hätte
Meine Bewegungslosigkeit Johanna
Wenn ich sage zerreißen Sie meine Briefe
gehn Sie hinaus und lesen Sie sie
und erst wenn Sie sie gelesen haben

werfen Sie sie weg
Zerreißen Sie sie
Und wenn ich sage Sie dürfen sie
bevor Sie sie wegwerfen nicht lesen
lesen Sie sie
Ich habe meine Briefe immer zerrissen
weggeworfen
in den ganzen zehn Jahren die mein Mann tot ist
habe ich alle Briefe immer wieder zerrissen
es ist wahr
ich habe nicht einen einzigen Brief abgeschickt
Geben Sie zu daß das wahr ist
Zerrissen
verbrannt
Es gibt gar keinen Grund mich so aufzuregen
Johanna
Warum rege ich mich denn auf
auf einen Brief den man nicht abschickt
kann keine Antwort
Nein nein Johanna
Mit den Fragen die Antworten und so weiter
Johanna Sie bilden sich ein daß Sie alles über mich
wissen
weil Sie drei Jahre in meinem Haus sind
weil Sie drei Jahre da sind
vorher haben Sie nicht existiert
Sie bilden sich alles ein

JOHANNA *ab*

DIE GUTE

Sie kennt alles

sie weiß alles
sie weiß was in meinen Schubladen ist
laut, ihr nach
Das wissen Sie natürlich
Sie haben recht
Sie sind drei Jahre in meinem Haus

JOHANNA *kommt mit einer riesigen weißen Schachtel herein*

DIE GUTE
Was ist denn das

JOHANNA
Die Handschuhe die Hüte

DIE GUTE
Die Handschuhe die Hüte

JOHANNA *stellt die Schachtel auf den Tisch*

DIE GUTE
Die Handschuhe die Hüte
probiert von jetzt an, bis der Vorhang fällt, ununterbrochen lange, mindestens bis zu ihren Ellenbogen reichende rote und grüne, gelbe, aber vor allem weiße und schwarze Handschuhe und große Frühjahrshüte in denselben Farben und Johanna ist ihr dabei behilflich

DIE GUTE
Haben Sie dem Handschuhhändler gesagt
daß ich mir nur ein einziges Paar aussuche
daß ich mich nicht sofort entscheide
Ein Paar Handschuhe
Einen Hut
Sie wissen natürlich

was ich besitze
Sie kennen meinen Besitz
wie ich hier sitze
in meinem Sessel
alles
Sie kennen alles
Wenn Sie wüßten Was es alles gibt
das Sie nicht kennen
lacht auf
Meinen schlechten Geschmack
der eine Folge meines guten Geschmacks ist
Weil Sie eine intelligente Person sind
Und weil Sie so intelligent sind
schweigen Sie oft
Es ist Mißbrauch
alles ist Mißbrauch
Auf intelligente Weise Ihre Schweigsamkeit
die Schweigsamkeit Ihrer Intelligenz
Ihre Intelligenz einen langen geistreichen Satz
völlig fehlerfrei auszusprechen
einen langen geistreichen
zum Beispiel mit dem Französischen
zusammenhängenden Satz
völlig fehlerfrei auszusprechen
obwohl Sie diesen Satz überhaupt nicht verstehen
und obwohl Sie diesen Satz vorher
überhaupt noch niemals gehört haben
gelesen oder gehört haben
Ausländische Namen sprechen Sie
hochintelligent aus

die französischen Umstandswörter zum Beispiel
Sie sind eine ausgezeichnete Vorleserin
die die schwierigsten Sätze
völlig fehlerfrei aussprechen kann
Seit zehn Jahren ist für mich das Wichtigste
daß ich eine ausgezeichnete Vorleserin habe
Ihre Vorgängerin
Nein
eine Vorleserin die die schwierigsten Sätze
völlig fehlerfrei aussprechen kann
französische Namen sprechen Sie doch ganz
ausgezeichnet aus
zum Beispiel des Wort oublié
Wie Sie das aussprechen
nicht so schnell
Sie sehen ja daß mir der Handschuh zu klein ist
die sind mir alle zu klein
wirft ein Paar auf den Boden

JOHANNA *hebt sie auf*

DIE GUTE

Die andern die andern
wirft ihr einen Handschuh ins Gesicht
Es ist nicht meine Schuld
es ist fürchterlich einen Satz völlig falsch
ausgesprochen
hören zu müssen
wenn Sie wüßten wie mich das schmerzt
Das sind meine Schmerzen Johanna
Wie alt sind Sie
sagen Sie mir wie alt

Sie sind
Sie sagen es mir nicht weil ich Sie jeden Tag frage
wie alt Sie sind
Aber ich will wissen wie alt Sie sind
Nein ich erlasse es Ihnen
Sie brauchen mir nicht zu sagen wie alt Sie sind
Heute nicht
Jetzt nicht
Den weißen den weißen

JOHANNA *zieht ihr einen weißen Handschuh an, setzt ihr einen weißen Hut auf*

DIE GUTE

Ich habe immer wieder die Feststellung gemacht
daß Leute
die von dem was sie vorlesen
nicht die geringste Ahnung haben
dieses Vorzulesende ganz ausgezeichnet vorlesen
Einmal haben Sie ein Kapitel gekannt
erinnern Sie sich
Sie wissen was für ein Kapitel
Sie können sich genau erinnern
Sie haben es unerlaubterweise
bevor Sie es mir vorgelesen haben selber gelesen
und es ist unerträglich gewesen
Ihnen zuzuhören
Erinnern Sie sich
wir haben die Vorlesung abbrechen müssen
abbrechen
Wir haben die Vorlesung abgebrochen
Sie brechen mir ja die Finger

Wie Sie mir den Artikel über meinen Besuch bei den
Waisenkindern und in den städtischen Hilfsschulen
vorgelesen haben
mit einer unglaublichen Sicherheit
Sie haben einen erstaunlichen Sinn
für verbrecherische journalistische Satzgefüge
Erinnern Sie sich
ich denke die ganze Zeit darüber nach
was es ist das eine so große Rolle
zwischen uns beiden spielt
Wenn ich Sie sehe
wenn ich Sie nur höre
Ich brauche Sie nur hören
ich brauche nur an Sie denken
ist es schon da
Wenn ich nur an Sie denke
Warum mißtraue ich Ihnen
Jetzt sind Sie schon drei Jahre im Haus
und ich mißtraue Ihnen
bis in Ihre Gedankengänge hinein
Wie ich Sie zum erstenmal gesehen habe
da war dieses Mißtrauen
setzt einen grünen Hut auf, zieht grüne Handschuhe an
Ein Regentag
ein entsetzlicher Regentag
erinnern Sie sich daß es ein Regentag war
Sie haben mich abgestoßen
Die Wahrheit ist daß Sie mich vom ersten
Augenblick an

abgestoßen
infiziert haben mit Ihrer Krankheit
Wir stehen in einem Krankheitsverhältnis
zueinander
die ganze Welt besteht aus solchen Krankheiten
die alle nicht diagnostiziert sind *lacht*
Ich habe gesagt Sie sollen sich umziehen
umziehen
dableiben
Sie sind in meinen Besitz übergegangen
Ziehen Sie sich um und bleiben Sie da
habe ich gesagt
und Sie haben sich umgezogen und Sie sind
dageblieben
Ihre Stimme
Ihr Sinn für Kleinigkeiten
reißt sich die Handschuhe von den Händen und den Hut vom Kopf und wirft alles auf den Boden
für die lächerlichen Zusammenhänge
Vor allem hat mich die Art wie Sie die Vorhänge
zugezogen haben
abgestoßen
Wie Sie die Vorhänge aufgemacht haben
schaut auf den Boden
Heben Sie sie doch auf
Warum heben Sie sie denn nicht auf

JOHANNA *hebt Hut und Handschuhe auf*

DIE GUTE *wirft, nachdem Johanna Hut und Handschuhe aufgehoben hat, alles so weit als möglich weg*

Bringen Sie mir alles her

JOHANNA *holt Hut und Handschuhe*

DIE GUTE

Sie ziehen die Vorhänge jetzt anders zu
nicht mehr so abrupt
Das wäre kein Unterschied
Schon am ersten Tag haben Sie sich
in Widersprüche verwickelt
das hat mich sofort
interessiert
Sie haben gesagt Sie hätten als fünfjähriges Kind
Ihre Eltern verloren
Es war gelogen
Ihr Vater war groß
Sie haben ihn klein geschildert
Sie sind in einem engen Zimmer aufgewachsen
Ihre Mutter hat singen können
Sie haben es nur nicht gehört
Sie haben mit einem Hund ein Verhältnis gehabt
Sie haben es nur nicht bemerkt
Die grünen
die grünen
probiert grüne Handschuhe, setzt einen grünen Hut auf
Sie haben das ganze erste Jahr nicht
von meinem verstorbenen Mann gesprochen
als ob sie gefühlt hätten daß sie das ganze erste Jahr
nicht von meinem verstorbenen Mann sprechen dürfen

Ihre Feinnervigkeit
Ihr absolutes Gefühl
für das Erhabene
Johanna
Sie haben es gefühlt
aber nach einem Jahr haben Sie mich plötzlich gefragt
und ich weiß sogar noch wo
vor dem Fenster dort
diese Situation
Wir haben von den Zuständen
die im Asyl herrschen gesprochen
und daß ich daran denke
mir einen dieser erbärmlichen Krüppel aus dem Asyl
ins Haus zu nehmen
einen solchen Krüppel zu heiraten
Da haben Sie mich gefragt ob mein Mann
noch etwas gesagt hat
Nein nichts
Sie haben mich immer wieder gefragt ob mein Mann
noch etwas gesagt hat
Ihre Rücksichtslosigkeit
Auf Ihre krankhafte Weise
Sie wollten Einzelheiten erfahren
Mein Mann war sofort tot
Ich war nicht tot
Aber mein Mann war sofort tot
mir fehlten die Beine

Immer wollen Sie etwas in Zusammenhang mit
dem Unfall hören
in Zusammenhang mit diesem Abend
Wenn Sie mich gleich was gefragt haben
Wenn Sie mich nach meinem Schlafrock fragen
nach meiner Halskette
Wenn Sie mich fragen ob ich hinaus will oder
hinunter
fragen Sie doch nur
wie der Unfall gewesen ist
Dieser Regentag
Ich habe gewußt Sie sind die richtige Person für
mich
Einen Krüppel habe ich gesagt
einen Krüppel der wie ich
keine Beine mehr hat
ins Haus
heiraten
Boris
Der ganze Vorgang erinnert mich an den
Nachmittag
an dem ich mir den Hund gekauft habe
In dem Augenblick in dem ich gewußt habe
jetzt besitze ich Sie
habe ich den Hund nicht mehr haben wollen
Sie haben selbst den Hund weggeführt
Sie erinnern sich doch daß Sie den Hund
weggeführt haben
hinausgeführt
hinuntergeführt

Sie haben den Hund gehaßt
Sie sind froh gewesen daß der Hund nicht mehr
da war

JOHANNA *will etwas sagen*

DIE GUTE

Schweigen Sie
Sie haben den Hund vom ersten Augenblick an
gehaßt
Sie haben den Hund entdeckt
Sie haben sich selbst entdeckt
und haben ihn gehaßt
und haben sich selbst gehaßt
Sie haben das arme Tier gehaßt
Sie hätten es neben dem Hund nicht ausgehalten
Es ist mir nicht schwer gefallen mich von dem
Hund zu trennen
Er hat nicht mehr zu mir heraufspringen können
er war alt
Ich habe ihn hier
sehen Sie
hier
auf dem Schoß hier
festgehalten
Der Hund hat mir nicht halb so viel
Schwierigkeiten gemacht
Der Hund ist schon an der Leine aber Sie
Bei Ihnen hat es ein Jahr gedauert
aber da ich gewußt habe
daß es schwierig ist
weil Sie so kompliziert sind

Ihre Vorgängerinnen
Nein
Keine so kompliziert wie Sie
Die Schwierigkeit war und ist
daß Sie nicht vom Land sind
Ihre Vorgängerinnen sind vom Land gewesen
das vereinfacht
Es war mir vom ersten Augenblick an klar daß es
mit Ihnen
nicht so leicht gehen wird
Sie haben sich gewehrt
Sie haben mich gehaßt
Sie hassen mich
Damals haben Sie mich gehaßt ohne zu wissen
warum Sie mich hassen
Sie haben sich diesen Posten nicht so vorgestellt
wie er ist
leichter
Sie haben sich alles leichter vorgestellt
Vorstellungen
falsche Vorstellungen
Dieses Haus und ich
Aber Ihre Komplikationen
sind nicht so schwierig wie meine Komplikationen
Sie sind ungewöhnlich intelligent
und unsinnig
Wenn sich zwei Menschen zur gegenseitigen
Gewohnheit machen
und
obwohl sie verzweifeln

diese Gewohnheit zu ihrer Kunst zu machen
ich sehe Sie noch in Ihren geschmacklosen Strümpfen
diese geschmacklosen Schuhe die Sie angehabt haben
dieser Regentag
Wir haben uns beide zur Gewohnheit gemacht
Wenn man anfängt das auszuhalten
Gewohnheit
Verlogenheit
Meine Gewohnheit wenn sie eine Gewohnheit ist
Mit den Dienstboten ist alles ein Mißverständnis
Zuerst haben Sie sich gewehrt
Sie haben ausbrechen wollen
weg
Ihre Ausbruchsversuche
An jeden Ihrer Ausbruchsversuche kann ich mich erinnern
Sie sind nicht weggegangen
wirft Johanna einen Handschuh ins Gesicht
Sie haben Angst gehabt Angst
und aus dieser Angst
aus unser beider Angst ist dann dieser fürchterliche
Dauerzustand geworden
Sie haben immer mehr Geld verlangt
Ich habe Ihnen immer mehr Geld gegeben
aber schließlich mit Ihren Gefühlen
alles wieder ruinieren müssen
Sie haben mir damals nacheinander die ganzen berühmten

russischen Romane des neunzehnten Jahrhunderts vorgelesen
Sie erinnern sich
Oblomow
Dolgorukjj
Verrückt
Ein Krüppel hat Sie
hat uns besiegt
ein Krüppel
Boris
Freilich ich habe einen hohen Preis zahlen müssen
für unser Verhältnis
Dann habe ich Ihnen die Falle gestellt
Ich habe Ihnen gedroht
Sie haben mir gedroht
Wir existieren nurmehr noch in Drohungen
Mit jeder Drohung von meiner Seite ist unser Verhältnis
mit jeder Drohung von Ihrer Seite
geben Sie ihn mir her
geben Sie ihn her
setzt einen schwarzen Hut auf
Herrlich
Schwarze Handschuhe

JOHANNA *gibt der Guten schwarze Handschuhe*

DIE GUTE
Es erinnert mich an das Begräbnis
zieht die schwarzen Handschuhe wieder aus, wirft sie weg, nimmt den schwarzen Hut herunter und wirft ihn weg

Nicht schwarz
Schwarz nicht
JOHANNA *hebt Hut und Handschuhe auf*
DIE GUTE
Es vergiftet mich
Sie wären immer der ganz gewöhnliche Mensch
geblieben
der Sie gewesen sind
Wenn ich denke was Ihre Lebensumstände aus
Ihnen gemacht hätten
Sie müssen zugeben
daß Sie es nicht geliebt hätten
Ihr Leben
Sie hätten Ihr gewöhnliches Leben nicht geliebt
Sie sind intelligenter als Sie mir zeigen wollen
Sie zeigen mir nur Ihre oberflächliche Intelligenz
Sie zeigen mir die Intelligenz die ich feststelle
wenn Sie mir ein Glas Wasser holen
den Hut aufheben
wenn Sie mir meine Beinstummel waschen
wenn Sie mich anziehen
ausziehen
kämmen
Mit was für einer hohen Intelligenz Sie mich
kämmen
kein Mensch hat mich jemals mit einer so hohen
Intelligenz gekämmt
Sie haben diese Art Intelligenz
die mich immer schon interessiert hat
Ach diese Handschuhe

geben Sie her
zieht noch einmal die schwarzen Handschuhe an, setzt noch einmal den schwarzen Hut auf
Es ist wahr Sie wären aus Ihrer Gewöhnlichkeit
nicht mehr herausgekommen
Sie haben keinen Blick
für das menschliche Elend
für das Menschenelend
Es ist ein Unterschied zwischen dem einen
und dem andern Haß
Erinnern Sie sich noch
wie ich Sie jeden Tag tagtäglich
um ein Paar Strümpfe geschickt habe
und jedesmal in ein andres Geschäft
Sie wissen ja auch nichts vom Lord Byron
Ich hab Sie jeden Tag um ein Paar Strümpfe geschickt
obwohl ich keine Beine mehr habe
und obwohl Sie genau gewußt haben daß ich keine Beine mehr habe
Sind Sie weggelaufen um die Strümpfe
jeden Tag und jeden Tag
in ein anderes Geschäft
erinnern Sie sich an den Schuhmacher
von dem ich mir ein Paar Schuhe habe anmessen lassen
und der sie mir angemessen hat
obwohl er gewußt hat
daß ich keine Beine und folglich keine Füße mehr habe

er hat mir die Schuhe angemessen
erinnern Sie sich
zieht die schwarzen Handschuhe aus, nimmt den schwarzen Hut vom Kopf und läßt alles fallen
Dieser Mann
dieser unglaublich geschickte Mann
diese schönen Schuhe
die ich Ihnen oft und oft
immer und immer wieder
geliehen habe
Ihre Intelligenz beruht darauf
daß Sie sehr viel bei mir gesehen haben
Es gibt hochintelligente Menschen die sehen nichts
sehen und das macht sie unglücklich
geben Sie mir die roten die roten
zieht rote Handschuhe an, setzt einen roten Hut auf
Sie tun mir weh
lacht
Die Masse sieht nichts
die Masse ist auch nicht unglücklich
die Masse ist glücklich
In diesem Augenblick habe ich Sie immer gefragt
wie spät es ist
mit weit ausgestreckten Armen
Jeden Tag in diesen drei Jahren
habe ich Sie immer um Punkt drei gefragt
wie spät es ist
und Sie haben mir immer geantwortet
Drei Uhr

Wenn Sie mir einmal nicht geantwortet hätten
wenn Sie mir nur ein einzigesmal nicht geantwortet
hätten
Es ist ein Spiel
zieht die Handschuhe aus, wirft den Hut weg, Johanna hebt alles auf
Es ist die Finsternis
Und das Nachdenken
Und das Nichtstun
Weil Sie mich ununterbrochen allein lassen
wenn ich rede
Sie stehen die ganze Zeit da und bewegen sich nur
wenn ich Ihnen befehle bewegen Sie sich
Ich bin überzeugt daß die Bewegungslosigkeit
diese Todeskrankheit
in der Natur
jede Krankheit ist eine Krankheit
der Bewegungslosigkeit
Sie bewegen sich nicht
Sie sehen
Sie denken nach
Sie sehen daß ich tot umfalle
Sie sehen mich tot in meinem Sessel tot
Es ist immer das gleiche Sie sehen mich tot
tot
Sie warten darauf
daß ich tot bin
Eine Tote
Sie sehen es immer
hält ein Paar gelbe Handschuhe in die Luft, lachend

Es sind die Verrücktheiten
sonst nichts
Wie weit bin ich gereist
wohin sind sie alle gereist
wir sind immer alle gereist gereist gereist
wirft die Handschuhe weg, Johanna hebt sie auf
Haben Sie nie das Bedürfnis zu reisen
weit weg einfach wegzureisen
wir sind überall hin gereist
probiert einen grünen Handschuh
Aber wenn Sie nach England reisen
und verstehen die englische Sprache nicht
oder nach Rußland und verstehen kein Russisch
Es ist gut
daß ich Schluß gemacht habe
Schluß gemacht
ganz leise
Schluß gemacht
den grünen Handschuh bewundernd
Es war ja nicht so daß ich von dem Unglück
überrascht worden bin
so war es nicht
zieht den grünen Handschuh wieder aus
Tot sein
in einen Lichtschacht stürzen
tot sein wie mein Mann
In Wahrheit habe ich schon seit Wochen nicht mehr
von ihm geträumt
Jahre nicht mehr
Wenn Sie Ihre Schuhe putzen

denken Sie da nicht an mich
wenn Sie Ihre Beine übereinander schlagen
Sie fühlen sich wohl in dem Gedanken
der kein Gedanke ist
Sie denken Ich werde hinaufgehen
oder hinuntergehen
hinausgehen
weggehen
weil ich Beine habe denken Sie
S i e haben Beine
Wenn Sie hin und herlaufen im Haus
Sie laufen in letzter Zeit so viel hin und her
Sie laufen den ganzen Vormittag hin und her
den ganzen Nachmittag
wenn Sie zu Ihrem Freund gehen
denken Sie da nicht an mich
eine Person ist eine Person
die in eine andere Person verhaßt ist
Wann ist das Fest
Johanna wann ist das Fest
Wann kommen die denn
Wann

JOHANNA

Dienstag

DIE GUTE

Dienstag
Dienstag Boris' Geburtstag
Und wann ist der Ball

JOHANNA

Morgen

DIE GUTE

Dienstag das Fest
Morgen der Ball
Dienstag das Fest
Diese Zustände im Asyl
Dieser Mensch
In Wahrheit hat mich mein ganzes Leben
immer nur das Verhältnis zwischen zwei Menschen
interessiert
Wie spät ist es
Nein sagen Sie mir nicht wie spät es ist

JOHANNA *zieht der Guten ein Paar rote Handschuhe über, setzt ihr einen roten Hut auf*

DIE GUTE

Fünfundzwanzig nach Drei
bewundert die roten Handschuhe
Es ist gut daß Sie da sind
und daß Sie mir zuhören
Wir sind eine Verschwörung
streckt die Arme so weit als möglich aus
Sagen Sie dem Bibliothekar
daß ich keine Atlanten mehr will
ich will wieder lesen sagen Sie
streckt die Arme noch weiter aus
Mich interessieren jetzt die Romane des
Zwanzigsten Jahrhunderts
denken Sie daran sagen Sie dem Bibliothekar
daß mich jetzt die Romane des Zwanzigsten
Jahrhunderts interessieren
Durch die Atlanten bin ich die ganze Nacht

verunstaltet
Ich komme mit großen Koffern
und ohne daß mir jemand hilft
ohne daß Sie mir helfen Johanna
in Portugal an
oder in der Schweiz oder in der Türkei
ganz gleich wo
oder ich sehe mich die ganze Zeit
auf dem Trottoire spazieren
Und mit dem Briefträger laufe ich um die Wette

Vorhang

Zweites Vorspiel

Nach dem Ball. Die Gute im Kostüm einer Königin. Johanna schiebt sie immer schneller um den ganzen Raum herum, immer schneller und schneller, ekstatisch.

DIE GUTE
Halt Halt
Stehenbleiben
JOHANNA *bleibt mit ihr stehen*
DIE GUTE
Fahren Sie mich zurück
Fahren Sie mich auf meinen Platz zurück
JOHANNA *schiebt sie quer über die ganze Bühne*
DIE GUTE
Ich bin müde jetzt
bin ich müde
jetzt
Wie spät ist es denn
sagen Sie mir nicht wie spät es ist
Ich halte so viel Leute nicht aus
Ich kann so viel Leute nicht mehr aushalten
Wieviel waren es denn
Diese Bälle sind immer dasselbe
Immer dieselben Leute
immer die gleiche schlechte Luft
immer mehr Menschen
Wieviel waren es denn

Keine Königin
Außer mir keine Königin
Die meisten sind lächerlich
phantasielos
Ich habe Angst gehabt daß es mir weh tut
wenn Sie mir das Kostüm ausziehen
es hat mir weh getan
Wie Sie es mir angezogen haben
Ich habe das Ausziehen gefürchtet
Ich fürchte das Ausziehen
Ein fürchterliches Kostüm
Die Musik hat falsch gespielt
kein Mensch kann tanzen
Das Ganze ist
Die Leute glauben es genügt
in einem Kostüm zu stecken
wie haben diese Kostümbälle sich verändert
Das Kostüm hat mir die ganze Zeit
fürchterliche Schmerzen verursacht
Aber ich will heute nicht mehr ins Bett
Dienstag ist das Fest für Boris
Dienstag
Haben Sie den Präsidenten des
Verfassungsgerichtshofs erkannt
den Präsidenten des Verwaltungsgerichtshofs
die Frau des Präsidenten des
Verwaltungsgerichtshofs
die Frau des Präsidenten des
Verfassungsgerichtshofs
Die Politiker

Die Ärzte
Rechtsanwälte
Die Klerikalen
Den Innenminister
Der Mann der gestürzt ist
war der Außenminister

JOHANNA

Der Außenminister

DIE GUTE

Der Herr Ministerpräsident
und die Frau Ministerpräsident
die Frau Arzt
die Frau Außenminister
die Frau Innenminister
Wie sie sich hineingedrängt haben
zum Essen
Wie die Leute essen
Jetzt wissen Sie wie
die Leute essen
wie sie sind
Daß Sie mich nicht mehr allein lassen
Sie waren auf einmal weg
Sie haben getanzt
geben Sie zu daß Sie getanzt haben
Sie dürfen mich niemehr allein lassen
Sie dürfen sich nicht bereden lassen
Sie haben da zu bleiben
an meiner Seite
zu bleiben
Wie spät ist es denn

Wer ich sei haben sie gefragt
und ich habe gesagt Die Königin
richtet sich die Krone
Ich habe die ganze Zeit Schmerzlosigkeit gezeigt
die ganze Zeit Schmerzlosigkeit
unter dieser Krone
unter dieser schweren Krone
während des ganzen Balls habe ich sie
nicht ein einzigesmal herunter genommen

JOHANNA Niemand hat Sie erkannt

DIE GUTE Niemand kein Mensch
sie haben mich nicht erkannt
mich
die Königin
richtet sich die Krone
Ich will sie auflassen
Dieser Kopf Johanna
Eine Darstellung
unter lauter Darstellungen
Dieses Kostüm ist mir viel zu schwer
S i e haben mir das Kostüm eingeredet
S i e haben mich auf die Idee gebracht
I c h habe nicht auf das Kostümfest gehen wollen
S i e haben mich gezwungen
Fahren Sie mich ein Stück
fahren Sie schnell

JOHANNA *schiebt sie ein Stück*

DIE GUTE
Schnell
schnell

Stehenbleiben
Bleiben Sie stehen
Machen Sie die Vorhänge auf
Auf auf

JOHANNA *macht die Vorhänge auf, die Gute bemerkt, daß Johanna keine Maske mehr auf dem Gesicht hat*

DIE GUTE

Fahren Sie mich
auf meinen Platz zurück

JOHANNA *schiebt sie zurück*

DIE GUTE

Wo haben Sie denn Ihre Maske
Warum haben Sie denn Ihre Maske nicht mehr auf dem Gesicht
Setzen Sie sie sofort wieder auf
Ich befehle es Ihnen
setzen Sie sofort Ihre Maske auf
Ich habe gar nicht bemerkt daß Sie Ihre Maske
herunter genommen haben
Wann haben Sie sie denn herunter genommen
Wielange haben Sie sie denn schon nicht mehr auf
Sie haben sich die leichteste ausgesucht
Und ich habe diese schwere Krone auf
diese schwere Krone
Ich habe dieses Kostüm an
Ich habe es noch immer an
Sie haben Ihre Maske herunter genommen

JOHANNA *ab*

DIE GUTE *ruft ihr nach*

Sie haben sich die leichteste aufgesetzt
die allerleichteste

JOHANNA *kommt zurück, sie hat jetzt einen Schweinskopf auf*

DIE GUTE

Sie haben sie hinter meinem Rücken herunter genommen
Ich habe Ihnen doch gesagt
daß Sie mich um Erlaubnis bitten müssen
wenn Sie sie herunter nehmen wollen
Sie tragen Ihre Maske solange ich mein Kostüm trage
Fahren Sie mich ein Stück
fahren Sie mich ein kurzes Stück

JOHANNA *schiebt sie ein Stück*

DIE GUTE

Sie haben sich Ihre Maske selbst ausgesucht
Die Wahrheit ist daß Sie sich Ihre Maske
selbst ausgesucht haben
während ich von Ihnen gezwungen worden bin
dieses Kostüm
diese Krone
mir diese schwere Kette
um meinen Hals zu hängen
Geweint vor Schmerzen geweint Johanna
lacht
geweint vor Schmerzen
diese Krone
diese Kette
diese Schmerzen

Aber ich habe alles so haben wollen
so eng
so schwer
richtet sich die Krone
Es ist lächerlich
Ich habe geweint
Auf einmal Die Weinende
spielen müssen
Die Weinende die unter ihrer Krone weint
Die ganze Zeit denke ich
soll ich es ausziehen
oder nicht
und ich denke
soll ich sie herunternehmen
oder nicht
Diese Schwäche
ich bin handlungsunfähig
handlungsunfähig
während ich von diesen Gedanken gequält bin
nehmen Sie hinter meinem Rücken heimlich
Ihre Maske herunter
Sie haben mir doch geschworen
daß Sie Ihre Maske solange auflassen
bis ich Ihnen gestatte
sie herunter zu nehmen
Sie haben mich ausgenützt
Ich habe Sie unbeobachtet gelassen
und Sie haben mich ausgenützt
Unbeobachtet
eine ganze Stunde unbeobachtet

ausgenützt
so geschickt daß ich es nicht bemerkt habe
Ihre Maske herunter genommen
Warum habe ich das nicht bemerkt
Dieser Erschöpfungszustand
Wie
Ihre Maske hinauszubringen
Sie haben sie doch gerade hereingeholt

JOHANNA *schiebt sie ein Stück*

DIE GUTE

Die Leute versuchen es immer wieder
Kostümbälle
Feste Bälle
sind das Traurigste
Ich bin hingegangen
diese Bälle ermöglichen es mir
diese Leute zu sehen
alle auf einmal
Eine Königin ohne Beine
einen besonderen Vorteil vorzutäuschen
Glauben Sie daß mich jemand erkannt hat
Der Herr Innenminister
Der Außenminister
Der Kaplan hat mich erkannt
Der Polizeipräsident
Aber ich habe ein paarmal laut gelacht
das müssen Sie zugeben
daß ich laut gelacht habe
eine Königin die keine Beine hat gespielt
ein erbarmungswürdiger Mensch

verfällt auf eine erbarmungswürdige Idee
und verhilft andern erbarmungswürdigen
Menschen
Nein
Aber wenn ich in dem Zustand plötzlicher
Rücksichtslosigkeit
mich selber gespielt hätte
wenn ich mich so gespielt hätte
wie ich mich zuhause tagtäglich spiele
und Sie hätten mitspielen müssen
ich hätte Sie gezwungen mitzuspielen
Wenn wir beide unsere Glieder
mit der ganzen Niederträchtigkeit unserer Köpfe
und unserer Körper
den Mut gehabt hätten mich zu spielen
und ich Sie gezwungen hätte mitzuspielen
Die ganze Zeit bin ich unbemerkt
in Beobachtung von uns beiden
unbemerkt Johanna
Immer haben Sie weg wollen
zu den Männern
Aber ich habe Sie nicht in den Ballsaal
hineingelassen
Meine Qual ist eine viel größere Qual
Meine Krone
Ihr Schweinskopf
Sie haben gehört daß der Ball
einem guten Zweck gedient hat
wie alle Bälle
Erinnern Sie sich an den Affen

an den Affen
mit dem ich gesprochen habe
diese plötzliche Unterhaltung mit dem Affen
Der Affe hat mich erkannt
der einzige der mich sofort erkannt hat der Affe
der Kaplan
der Affe ist unser Kaplan
Ich habe ihm eine hohe Summe versprochen
für einen guten Zweck Johanna
Opfer
Opfer
habe ich gesagt
und er
Opfer
und ich
Diese große Not und
Woher kommt es daß die Not so groß ist
Und er diese Not
alles geflüstert Johanna
für einen guten Zweck
geflüstert
Der Affe und ich
Kaplan habe ich geflüstert Diese Not
und er Diese Not
Die Königin hat mit einem Affen über die Not
geflüstert
über den guten Zweck geflüstert
Wenn eine Königin mit einem Affen flüstert
dann kostet das eine hohe Summe
Fahren Sie mich ein Stück

JOHANNA *schiebt sie ein Stück*

DIE GUTE

Wir sind unter die Affen gegangen
Die Königin ist in Begleitung eines Schweins
unter die Affen gegangen
Ich bin müde
Fahren Sie mich auf meinen Platz zurück

JOHANNA *schiebt sie zurück zum Fenster*

DIE GUTE

Machen Sie die Vorhänge auf

JOHANNA *zieht an den längst offenen Vorhängen*

DIE GUTE

schläft mein Mann
ob mein Mann schläft
schläft Boris

JOHANNA

Ja

DIE GUTE

Wir waren auf dem Ball
er hat geschlafen
Dienstag bekommt er sein Fest
Wecken Sie ihn auf

JOHANNA *ab*

DIE GUTE

Er schläft
ununterbrochen schläft er
ich kann nicht schlafen
ruft hinaus
Er darf nicht herein
Noch nicht

Waschen Sie ihn
Kämmen Sie ihn
zu sich, erschöpft
Ich will nicht
nein
nicht
Dieses unaufhörliche
Essen und Schlafen
laut
Johanna
waschen Sie ihm den Hals
Gesicht und Hals
Ziehen Sie ihm den Schlafrock an
Ich will nicht daß Sie ihn von oben bis unten waschen
es genügt wenn Sie ihn nur mit einem nassen Tuch abwischen
Keine Prozedur
Kommen Sie
Haben Sie ihm das Gesicht abgewischt
Kommen Sie her
zu sich
Ich kann nicht allein sein
Ich kann nicht mehr allein sein
Diese Peinigungen
diese entsetzlichen Peinigungen
ruft
Johanna Johanna
wieder leise
Weil ich jahrelang nicht mehr allein sein kann

JOHANNA *kommt herein*

DIE GUTE

Sie nützen diese Situation aus
Sie nützen das aus
wenn Sie ihn waschen
Fahren Sie mich ein Stück

JOHANNA *schiebt sie ein Stück*

DIE GUTE

Was reden mit ihm
abgesehen davon
daß er keinen Verstand hat
hat er diesen üblen Geruch
Aber ich habe ihn
Ich habe ihn mir ja ausgesucht
zu Johanna
Wir sind ins Asyl und haben ihn uns ausgesucht
Und ich habe ihn geheiratet
ihn
ihn
Sagen Sie daß wir ihn uns ausgesucht haben
Sie haben mich gezwungen
Er fühlt nichts
er ist nichts und er fühlt nichts
Er weiß nichts
Mein Geschöpf
Warum halte ich diese Geschöpfe aus
Sie waren es die mich auf die Idee gebracht hat
Ich höre noch den Kaplan
Nehmen Sie hat er gesagt
den Erbärmlichsten

Häßlichsten
Unser Geschöpf ist mein Mann Johanna
Sie haben ihn mir herausgetragen aus dem Asyl
heruntergetragen
durch den Park in den Wagen
Wie Sie ihn getragen haben
ihn eingewickelt haben in Tücher
frisiert und in den Wagen gesetzt
Diese vielen Geschöpfe
Als ob er Ihr Geschöpf wäre
Es gehört mir allein
Boris gehört mir allein

JOHANNA *ab*

DIE GUTE *ihr nach*
Hat er sich gewehrt beim Waschen
Ich höre nichts
sonst will er
wenn Sie ihn gewaschen haben heraus
Johanna
zu sich
daß ich nichts höre
laut
Sie haben ihm doch nicht schon in aller Frühe
einen Apfel gegeben
das ist unverschämt
Sie dürfen ihm keinen Apfel geben
während des Vorlesens keinen Apfel
das stört
Geben Sie ihm etwas Geräuschloses zum essen
etwas völlig Geräuschloses

Fahren Sie mich
fahren Sie mich ein Stück

JOHANNA *kommt herein und schiebt sie ein Stück*

DIE GUTE
Wenn Sie mich jetzt ausziehen
ist alles noch schlimmer
wenn ich jetzt nachgebe
sinkt einen Augenblick unter der Krone zusammen
Wenn ich diesen Augenblick überwinde
plötzlich hoch aufgerichtet
Ist er erschrocken
unter Gelächter
Er ist nicht erschrocken
Er hat Ihren Schweinskopf gesehen
und ist nicht erschrocken
Mich friert

BORIS *hinter der Bühne weinerlich*
Johanna Johanna

DIE GUTE *leise zu Johanna*
Sie dürfen ihn nicht eher herausholen
als bis ich Ihnen die Erlaubnis dazu gebe
Warten Sie
Hören Sie

BORIS
Johanna
Johannaaaaaaa

DIE GUTE
Haben Sie ihm gesagt daß wir auf dem Ball gewesen sind
Er hat Sie nicht gefragt

Er hat nichts gesagt
Er ist nicht erschrocken
Dieser Schweinskopf
Wenn Sie ihn herunternehmen

BORIS
Johannaaaaaaa

JOHANNA *will ihn holen*

DIE GUTE
Unterstehen Sie sich
Bleiben Sie da
still
Er bekommt Angst

BORIS
Johannaaaaaaaaaaaaaaa

DIE GUTE
Er will daß Sie ihn
herausbringen
Er will beim Fenster sitzen
und hinausschauen
zum Asyl hinüber
Er will das Asyl sehen
Er will auf seinen Fensterplatz
Hören Sie
ist es noch finster in seinem Zimmer

JOHANNA
Sie haben mir ja verboten
die Jalousien aufzumachen
Er fürchtet sich

DIE GUTE
Er fürchtet sich

er fürchtet sich

BORIS *als ob er weinte*

Johannaaaaaaaaaaaaaa

DIE GUTE

Er ruft nach I h n e n
nicht nach m i r
nach I h n e n
I h n e n ruft er
M i r hat er noch nie gerufen
Nicht ein einzigesmal
nicht einmal

BORIS

Johannaaaaaaaaaaaaaa

DIE GUTE

Holen Sie ihn heraus
Bringen Sie ihn
schieben Sie ihn zum Fenster

JOHANNA *ab*

DIE GUTE *lacht*

Ich habe den ganzen Park abholzen lassen
damit er das Asyl sieht
aus dem ich ihn herausgeholt habe

JOHANNA *schiebt Boris herein, zum Fenster, durch das er, bis der Vorhang gefallen ist, hinausschaut*

DIE GUTE *zu Boris*

Siehst du das Asyl

BORIS *nickt*

DIE GUTE

Du hast dich gefürchtet
Gib zu daß du dich gefürchtet hast

Du hast dich gefürchtet
Johanna sagen Sie ihm daß wir heute Nacht
während er fest geschlafen hat
auf dem Wohltätigkeitsball gewesen sind
sagen Sie ihm daß ich in der Maske einer Königin
auf dem Ball gewesen bin
S i e als Schwein
Sagen Sie es ihm

JOHANNA
Aber er hat es doch jetzt gehört
was Sie gesagt haben

DIE GUTE
Ich habe gesagt
daß Sie es ihm sagen sollen
Ich befehle Ihnen es ihm zu sagen

JOHANNA *zu Boris*
Die gnädige Frau sagt
daß wir heute Nacht

DIE GUTE
während er fest geschlafen hat

JOHANNA
während Sie fest geschlafen haben
auf dem Kostümball gewesen sind
und daß die gnädige Frau

DIE GUTE
im Kostüm einer Königin

JOHANNA
im Kostüm einer Königin

DIE GUTE
Und daß Sie

JOHANNA
und daß ich

DIE GUTE
als Schwein

JOHANNA
und daß ich als Schwein

DIE GUTE
wie Ihre Maske beweist

JOHANNA
wie es meine Maske beweist

DIE GUTE
daß Sie als Schwein

JOHANNA
daß ich als Schwein

DIE GUTE
auf dem Ball gewesen sind

JOHANNA
auf dem Ball gewesen bin

DIE GUTE
auf dem Wohltätigkeitsball

JOHANNA
auf dem Wohltätigkeitsball

DIE GUTE
Für wohltätige Zwecke sagen Sie ihm
und daß ich auf dem Ball
an ihn gedacht habe
Los sagen Sie es ihm

JOHANNA
Die gnädige Frau hat auf dem Ball
an Sie gedacht

DIE GUTE

Ein einzigesmal
und dieses einzige Mal mit Entsetzen

JOHANNA

Ein einzigesmal
und dieses einzige Mal mit Entsetzen

DIE GUTE *zu Boris*

Siehst du das Asyl
Willst du wieder in das Asyl

BORIS *verneint*

DIE GUTE *zu Johanna*

Lassen Sie uns allein
Machen Sie sein Bett
Waschen Sie seine Mützen

JOHANNA *ab*

DIE GUTE

Diese Kostümbälle sind nützlich
Diese Krone die ich trage ist schwer
Dienstag kommen deine Freunde aus dem Asyl herüber
Siehst du das Asyl

BORIS *nickt*

DIE GUTE

Dein Geburtstag
das Fest für dich
Was sagst du zu meinem Kostüm
diese Krone
Was mich diese Krone gekostet hat
Diese Krone
gefällt dir diese Krone nicht

es ist das teuerste Kostüm das ich jemals
auf dem Wohltätigkeitsball angehabt habe
Siehst du das Asyl

BORIS *nickt*

JOHANNA *kommt mit einem Tablett voll Essen herein und stellt es Boris auf den Schoß, der fängt sofort zu essen an und hört nicht mehr auf*

DIE GUTE
Essen
zu Boris
Jetzt erzählst du mir
was du gelesen hast
ich habe dir doch befohlen das siebte Kapitel zu lesen
Was steht im siebten Kapitel
schieben Sie mich zu ihm hin Johanna

JOHANNA *schiebt sie zu ihm hin*

DIE GUTE *ihre Krone haltend*
Was steht im siebten Kapitel
Johanna machen Sie die Vorhänge auf
machen Sie sie auf
ganz auf

JOHANNA *zieht an den offenen Vorhängen*

DIE GUTE *zu Boris*
Ich will dich nicht quälen
Ich sehe ich quäle dich
aber ich sehe auch daß du das siebte Kapitel
nicht gelesen hast
du hast es bestimmt nicht gelesen
Siehst du denn das Asyl nicht

zu Johanna
Sie sollten ihm einen Scheitel machen
Fahren Sie mich auf meinen Platz zurück

JOHANNA *schiebt sie vom Fenster weg*

DIE GUTE
Warum hat er keinen Scheitel
Ich habe Ihnen doch befohlen ihm einen Scheitel zu machen
Warum hat er keinen Scheitel

BORIS
Ich will keinen Scheitel

DIE GUTE *zu Boris*
Ich will daß du einen Scheitel hast
zu Johanna
Machen Sie ihm einen Mittelscheitel

BORIS
Ich will keinen Scheitel

DIE GUTE
Einen Mittelscheitel

BORIS *holt demonstrativ aus seiner Tasche einen Apfel heraus und beißt hinein*

DIE GUTE *entsetzt*
Er hat einen Apfel Einen Apfel

JOHANNA *nimmt ihm den Apfel weg und steckt ihn ein*

DIE GUTE
Achten Sie darauf
daß er an keinen Apfel herankommt
Ich kann es nicht hören wenn er in einen Apfel hineinbeißt

zu Boris
Schmeckt dir dein Essen Boris
BORIS *nickt*
DIE GUTE
Machen Sie die Fenster auf Johanna
ich ersticke
JOHANNA *macht alle Fenster auf, dann ab*
DIE GUTE *zu Boris*
Mit wieviel Jahren hast du zum erstenmal gestohlen
mit drei oder mit vier
BORIS
Mit drei
DIE GUTE
Das ist ein großer Unterschied
ob man mit drei oder mit vier Jahren zum erstenmal stiehlt
stiehlt
sprich mir nach
Du sollst mir nachsprechen
Es ist ein großer Unterschied
BORIS
Es ist ein großer Unterschied
DIE GUTE
Wer in deiner Familie hat noch gestohlen
Ach ja
Der Ball hat mich völlig erschöpft
Diese schwere Krone
Daß ich dich aus dem Asyl herausgeholt habe
lacht

Boris
warst du der einzige in deiner Familie der
gestohlen hat
du mußt nachdenken
auch wenn es dir schwer fällt
ich muß es wissen
also warst du der einzige
Warst du der einzige

BORIS *schüttelt den Kopf*

DIE GUTE
Alle haben gestohlen
Alle stehlen
Sie haben es dir nicht gesagt
Ist es wahr im Asyl
nennen sie mich Die Gute
Ist es wahr
stimmt es daß es wahr ist

BORIS *nickt*

DIE GUTE
Alle

BORIS *nickt*

DIE GUTE
Nicht nur du hast gestohlen
alle alle stehlen

JOHANNA *kommt mit einem Buch herein, gibt es der Guten*

DIE GUTE *blättert in dem Buch*
zu Boris
Erste Prüfung heute
Ich weiß wie weit du gestern gelesen hast

ich kann es riechen Boris
Da ist es
bis zu dieser Stelle bist du gekommen
Du hast behauptet auch das siebte Kapitel gelesen zu haben
Du bist nicht einmal bis zum sechsten gekommen
sag mir was auf der letzten Seite des sechsten Kapitels steht
Du weißt es nicht
Wie kannst du mich
Boris
Dieser bedeutende Schluß
Ich will dir sagen was am Ende des siebten Kapitels steht
Er hat sich umgebracht
Zuerst hat er sie umgebracht
dann hat er sich selbst umgebracht
Wenn du lügst ekelt es mich vor dir
Ich weiß warum ich jedesmal eine Nacherzählung von dir verlange
gibt Johanna das Buch
Morgen kommt um neun Uhr der Schneider
er wird dir eine neue Hose anmessen
und einen neuen Rock
Du mußt einen weißen Rock haben
der zu meinen weißen Handschuhen paßt am Dienstag
eine weiße Hose zu meinem weißen Hut
Daß wir beide zu deinen Freunden aus dem Asyl passen

sie schaut Johanna ins Gesicht
Sie mag dich
Du magst nur sie
Der Schneider mißt dir eine weiße Hose an
einen weißen Rock mit spitzen Knöpfen
die Knöpfe sind schwarz und spitz
zu Boris
Siehst du das Asyl
Möchtest du wieder in das Asyl

BORIS *schüttelt den Kopf*

DIE GUTE *zu Johanna*
schreiend
Nehmen Sie Ihre Maske herunter
Nehmen Sie Ihre Maske herunter

JOHANNA *nimmt ihre Maske herunter*

Vorhang

Das Fest

Links ein Geschenktisch, darauf deutlich sichtbar: eine Pauke mit Schläger, eine Papierschlange, eine Klarinette, eine Ratsche, eine Flasche Met, ein Hut, ein Buch, ein ausgestopfter Rabe, eine Springschnur, ein Fernglas, eine große Schüssel Äpfel, ein Paar schwarze Offiziersstiefel, zwei lange Unterhosen, eine rote Krawatte. In der Mitte ein langer Tisch, an dem die Gute, Johanna, jetzt auch beinlos, und dreizehn beinlose Krüppel in Rollstühlen sitzen; wenn der Vorhang aufgeht, Boris' Geburtstag feiernd, essend, trinkend, rauchend, lachend. Ein dicker und ein dünner Diener dienend und schweigend, ein dicker und ein dünner Pfleger, aufpassend und schweigend

JUNGER KRÜPPEL

Weiter Weiter

ALTER KRÜPPEL

Schwein

ZWEI KRÜPPEL

Weiter Weiter

DER ÄLTESTE KRÜPPEL *erzählend*

Jetzt kommt die Düsternis
fast singend
Jetzt kommt die Finsternis
die Finsternis

DREI KRÜPPEL

Die Düsternis

Die Finsternis

JUNGER KRÜPPEL

Laß ihn Laß ihn

ALTER KRÜPPEL

Die Finsternis

VIER KRÜPPEL

Die Finsternis

DER ÄLTESTE KRÜPPEL

Große sehr große Köpfe
in der Finsternis
Ihr müßt euch vorstellen
sehr große Köpfe
in der Finsternis
aufeinmal waren die größten Köpfe da

SECHS KRÜPPEL *lachen*

DER ÄLTESTE KRÜPPEL

Warum lacht ihr
Es ist nicht zum Lachen
es ist nichts zum Lachen

SECHS KRÜPPEL *lachen*

DER ÄLTESTE KRÜPPEL

Nichts
Lachen
Es ist nichts zum Lachen
laut
Es ist keine Komödie

BORIS *lacht*

DER ÄLTESTE KRÜPPEL

Wer lacht da
Wer hat jetzt gelacht

DREI KRÜPPEL

Boris hat gelacht
Boris

DIE GUTE *zu Boris*

Warum hast du gelacht
Es ist nichts zum lachen
hast du gehört
es ist nichts zum lachen
hast du gehört
nichts

DER ÄLTESTE KRÜPPEL

Nichts Nichts

DIE GUTE

Es ist nicht zum lachen

JUNGER KRÜPPEL

Weiter Weiter

ALLE *durcheinander*

Weiter

DER ÄLTESTE KRÜPPEL

Etwas Düsteres
es ist düster
es ist finster
Die großen Köpfe haben keine Ohren gehabt
die großen Köpfe haben keine Augen gehabt
die großen Köpfe haben keine Nasen gehabt
die großen Köpfe haben keine Füße gehabt

ALLE *lachen*

ALLE *durcheinander*

Keine Augen
keine Ohren

keine Nasen
keine Füße

DER ÄLTESTE KRÜPPEL

Keine Augen
sie haben nichts gesehen
keine Ohren
sie haben nichts gehört
keine Nasen nichts
keinen Verstand
nichts
Und keine Haare

ALLE *lachen*

ZWEI KRÜPPEL

Keine Haare

ZWEI ANDERE KRÜPPEL

Also Glatzköpfe

ALTER KRÜPPEL

Glatzköpfe

JUNGER KRÜPPEL *lacht*

ALLE *lachen*

DER ÄLTESTE KRÜPPEL

Aber ein großes Maul haben sie gehabt
die größten Köpfe haben das größte Maul gehabt

ZWEI KRÜPPEL *lachen*

ALLE *lachen*

DER JÜNGSTE KRÜPPEL

Wo war es

DER ÄLTESTE KRÜPPEL

In der Düsternis
In der Finsternis

DIE GUTE
Eßt eßt doch eßt
eßt
ihr müßt alles aufessen
aufessen alles aufessen alles austrinken
eßt essen eßt
KRÜPPEL
In der Finsternis
KRÜPPEL *zu ihm*
Halts Maul
KRÜPPEL
Mir hat geträumt
KRÜPPEL *zu ihm*
Halts Maul
KRÜPPEL
Ich muß alles aufessen
hat mir geträumt
KRÜPPEL *zu ihm*
Halts Maul
KRÜPPEL
Mir hat auch geträumt
ALTER KRÜPPEL
Schwein
ALLE *lachen*
DER ÄLTESTE KRÜPPEL
Drecksau
DIE GUTE *zu Johanna*
Es tut weh
alles tut weh und schmerzt alles
Sie aber spielen das alles nur

Sie spielen ja heute nur
daß Sie keine Beine mehr haben
während ich keine Beine habe
spielen Sie nur
daß Sie keine Beine haben
wenn Sie in Wirklichkeit keine Beine mehr hätten
ich habe Sie angurten lassen
festbinden
angurten und festbinden
damit Sie dazupassen
damit Sie zu uns allen dazupassen
jetzt haben wir alle keine Beine
alle
verstehen Sie
auch Sie haben keine Beine mehr
verstehen Sie
nein
Sie verstehen nicht
Sie verstehen nichts
Sie verstehen alles
und verstehen nichts
heute müssen Sie dazupassen
spielen
daß Sie keine Beine haben
niemand darf auffallen
alle müssen gleich sein
alle gleich
alles gleich
Jetzt haben Sie Beine
und haben doch keine Beine

haben keine Beine
und haben doch Beine
und verstehen nichts
und es tut Ihnen weh
daß Sie keine Beine haben und doch Beine haben
es schmerzt Sie mehr als es mich schmerzt
mehr
Sie empfinden mehr Schmerz
den größten Schmerz
den infamen Schmerz
infam
Ich habe Sie gezwungen
daß Sie Ihre Beine verstecken
Vergessen Sie unsere Abmachung nicht
solange das Fest dauert
haben Sie Ihre Beine zu verstecken
ohne Beine zu sein
verstehen Sie
Sie haben Ihre Beine versteckt
Sie sind angegurtet
erschöpft
alles ist infam
Sie sind angegurtet
Sie können nicht davonlaufen
Sie können nicht
He Diener Diener
eßt eßt trinkt trinkt
trinkt alle eßt alle
essen Sie doch Johanna essen Sie
trinken Sie

KRÜPPEL
Gut
KRÜPPEL
Gut
DIE GUTE
Das Essen ist gut
das Trinken ist gut
alles ist gut
ALLE *durcheinander*
Gut
alles ist gut
gut gut gut
DIE GUTE
Eßt trinkt
trinkt eßt
ALTER KRÜPPEL
Die Gute ist eine Dame
JUNGER KRÜPPEL
Die Dame ist gut
DER ÄLTESTE KRÜPPEL
Aber mir hat nicht nur von den großen Köpfen geträumt
von den größten Köpfen
gelaufen bin ich
und neben mir ist einer dahergelaufen neben mir
und hat gesagt immer wieder hat er gesagt
ich soll von ihm was lesen
ein Schriftsteller
was lesen
immer wieder hat er gesagt ich soll was lesen

von ihm was lesen was lesen von ihm
rücksichtslos
lies hat er gesagt
lies hat er ununterbrochen gesagt
lies lies
die ganze Zeit lies lies
Pause
Da hab ich ihn umgebracht

KRÜPPEL

Wie denn

DER ÄLTESTE KRÜPPEL

Erschlagen

ALTER KRÜPPEL

Erschlagen
er hat ihn erschlagen erschlagen

JUNGER KRÜPPEL

Wo war das

DER ÄLTESTE KRÜPPEL

In der Finsternis

DIE GUTE

Eßt eßt
Diener Diener
Johanna schneiden Sie die Kuchen auseinander
schneiden Sie
Diener Diener
einschenken essen

JUNGER KRÜPPEL

Ich hab von einem Hasen geträumt

ALTER KRÜPPEL

Halts Maul

JUNGER KRÜPPEL *zu ihm*
Laß ihn
ALTER KRÜPPEL *zu ihm*
Halts Maul
JUNGER KRÜPPEL
Von seinen Hasen
JUNGER KRÜPPEL
Meine Hasen
ALTER KRÜPPEL
Halts Maul
auf den ältesten Krüppel zeigend
DER ÄLTESTE KRÜPPEL
Und ich hab
in dem Traum wohlgemerkt
so lange Beine gehabt
daß ich in den dritten Stock hinein schauen habe können
der dritte Stock ist der interessanteste
es gibt welche die glauben
der zweite
und es gibt welche die glauben
der erste
und es gibt welche die glauben
ebenerdig ist es am interessantesten
der dritte Stock ist der interessanteste
auch nicht der vierte
auch nicht der fünfte
der dritte
der Intelligenzlerstock
die Interessantesten wohnen im dritten Stock

hausen
die mit Hirn
die mit Phantasie
so lange Beine daß ich in den dritten Stock habe
schauen können
so lange Beine daß sie in diesem Zimmer
nicht einmal in diesem großen herrlichen Zimmer
Platz gehabt hätten
Es sei denn ich hätte sie mir von euch allen
zerbrechen lassen

JUNGER KRÜPPEL
Ich hab geträumt ich sehe einen der gräbt
und ich sage was tust du
und er sagt: graben
und ich sage wielang denn schon
und er sagt: ich grabe
und ich sage warum denn
und er sagt: ich grabe
und wie tief denn
und er sagt: bis ich durch bin

ALLE *lachen*

DIE GUTE
Eßt eßt
Diese riesigen Kuchen

ALLE *durcheinander*
Die besten Kuchenstücke
die besten

DIE GUTE *zieht ein großes Stück an sich*
Das ist ein Stück
ein besonders großes Stück

Was für ein Stück
Was für ein Kuchenstück Johanna
Halt
Für wen ist dieses große Stück
für wen
ich hab überhaupt noch nie ein so großes Stück gesehen
wer von Euch hat schon einmal ein so großes Stück Kuchen gesehen

ALLE *durcheinander*
Ein großes Stück

DIE GUTE
Wir wollen es dem Hungrigsten geben
Wer ist der Hungrigste
Wer hat den größten Hunger
Wer von Euch hat den größten Hunger
Ihr eßt zwar schon zwei Stunden lang
aber einer von Euch hat noch immer den größten Hunger
großer Hunger großes Kuchenstück
lacht
Nein
nicht der der den größten Hunger hat
soll es haben
der der es verdient
nur der der es verdient
schaut einen nach dem andern an, dann
Keiner
keiner von uns
kein einziger verdient dieses Stück

ich werde es auseinander schneiden und austeilen
ich mache so viele Stücke aus ihm wie wir sind
Wieviele sind wir denn eigentlich

ALLE *durcheinander zählend*

DIE GUTE

Halt
ich zähle
zählt
Eins zwei drei vier fünf sechs sieben acht neun zehn
elf zwölf dreizehn vierzehn fünfzehn sechzehn
Mit Johanna und Boris sind wir sechzehn
zu Boris
mit dir Boris sind wir sechzehn
Mit dem Kaplan wären wir siebzehn
aber der Kaplan hat sich den Fuß gebrochen

ALLE *durcheinander*

Den Fuß gebrochen
der Kaplan
den Fuß gebrochen
hat sich

DIE GUTE

Der Kaplan hat sich den Fuß gebrochen
während er mit mir telefoniert hat
Wer einen Fuß hat
kann sich ihn brechen
Wer einen hat
Wer keinen Fuß hat
Wer keinen hat
kann ihn sich nicht brechen

DREI KRÜPPEL *lachen*

ALTER KRÜPPEL
Das ist ein gutes Essen
DIE GUTE
Den Fuß gebrochen
ALTER KRÜPPEL
Nicht wahr Ludwig Viktor
das ist ein gutes Essen
JUNGER KRÜPPEL *zu seinem Nachbarn*
Iß iß
ZWEI KRÜPPEL
Ist da nicht Fenchel drin
ALLE *durcheinander*
Anis und Fenchel
ALTER KRÜPPEL *auf den Jüngsten zeigend*
Er hat heute Nacht geträumt
daß er sich seinen Kopf ausgestopft hat
mit Stroh
ALTER KRÜPPEL
Träume sind wichtig
ALLE *lachen*
ALTER KRÜPPEL
Mühselig nicht wahr
Karl Ludwig
mühselig
DIE GUTE
Eßt eßt
JUNGER KRÜPPEL
Ich hab einmal mit meinen Füßen
meine Suppe gegessen
im Traum

DER JÜNGSTE KRÜPPEL

Und ich einen langen Brief geschrieben
mit meinen Beinen
die ich nicht habe

ALTER KRÜPPEL

Mit seinen eigenen Füßen
zum jüngsten Krüppel
Oder ist es nicht wahr
daß du heute Nacht mit deinen eigenen Füßen
einen langen Brief geschrieben hast
an den Asyldirektor
zur Guten
Einen Beschwerdebrief
zum jüngsten Krüppel
Und was ist in dem Brief gestanden
zur Guten
Er schämt sich
zum jüngsten Krüppel
Du schämst dich
es hier zu sagen
was du in dem Brief an den Asyldirektor geschrieben hast
zur Guten
Einen Beschwerdebrief liebe Dame
Gute Frau
er hat geschrieben
daß ihm das Bett in dem er liegt zu kurz ist
er will ein längeres Bett haben

ALLE *durcheinander*

Ja ja

wir wollen alle längere Betten haben
ein längeres Bett haben

ALTER KRÜPPEL *zur Guten*
Er will ein längeres Bett haben
zum jüngsten Krüppel
Wie lang bist du Ernst August
Sag wie lang du bist

DER JÜNGSTE KRÜPPEL
Einsachtzig

ALTER KRÜPPEL
Einsachtzig m i t Beine
Wie lang bist du o h n e Beine

DER JÜNGSTE KRÜPPEL
Achtzigeins

ALTER KRÜPPEL
Achtzigeins ist er o h n e Beine
Einsachtzig war er m i t Beine
Einsachtzig weniger neunundneunzig
ist achtzigeins
Und wie lang ist dein Bett

DER JÜNGSTE KRÜPPEL
Siebzigeins

ALTER KRÜPPEL *zur Guten*
Das ist eine Tragödie gnädige Frau

KRÜPPEL
Mein Bett ist auch zu kurz

KRÜPPEL
Meins auch

KRÜPPEL
Ich kann mich auch nicht ausstrecken

KRÜPPEL

Ich lieg in einem Bett
das Einsvier lang ist
aber ich bin Einsacht lang

KRÜPPEL

Ich bin sechzig lang
mein Bett ist achtundfünfzig lang

ALLE *durcheinander*

Wir haben alle zu kurze Betten
Zu lange Körper
für die kurzen Betten

KRÜPPEL

Ich hab noch nie meinen Oberkörper
in meinem Bett ausstrecken können

DIE GUTE

Ich werde veranlassen
daß ihr längere Betten bekommt
jeder muß ein Bett haben in dem er sich ausstrekken kann
das ist doch das Mindeste das man verlangen kann
daß man sich in seinem Bett ausstrecken kann
das ist doch zum Lachen daß ihr euch in euren Betten
nicht ausstrecken könnt
Eine Schande
Eine Schande für die Anstalt
eine Schande für das Asyl
eine Schande für den Anstaltsdirektor
eine Schande für diesen Staat
Das ist doch absurd

ALLE *schauen sich vorwurfsvoll an*

DIE GUTE

Beschweren
Ihr müßt euch beschweren
aufbegehren
auflehnen
protestieren
Boris hat
schaut auf Boris
Boris hat ein langes Bett
in dem er sich ausstrecken kann
das ist doch das Mindeste das er von mir verlangen kann
daß ich ihm ein Bett gebe in dem er sich ausstrecken kann
zu Boris
Nicht wahr
du kannst dich in deinem Bett ausstrecken

BORIS *nickt*

DIE GUTE

Sag deinen Freunden
daß du dich ausstrecken kannst
wenn du willst
Er streckt sich nur nie aus
Nie
ich weiß daß er sich nie ausstreckt
aber wenn er sich ausstrecken will
kann er sich ausstrecken
Er hat das Bett meines ersten Mannes
Der war Einsneunzig

zu Boris
Sag daß du dich in deinem Bett ausstrecken kannst
wenn du willst

BORIS *nickt*

DIE GUTE
Er ißt und schläft
sonst nichts
ich kenne keinen Menschen
der so gut schläft
und so viel ißt

KRÜPPEL
Meine Dame sagen Sie selbst das ist doch traurig
wenn man sich in seinem Bett nicht ausstrecken kann

KRÜPPEL
Das ist ein Skandal

KRÜPPEL
Ein Skandal

ALLE *durcheinander*
Ein Skandal

KRÜPPEL
In viel zu kurzen Betten liegen zu müssen

DER ÄLTESTE KRÜPPEL
Liegen zu müssen
zur Guten
und sich nicht ausstrecken können
Sie kennen ja selbst wie es ist
wenn man keine Beine mehr hat
Und wenn man keine Beine mehr hat
und sich in der Nacht nicht ausstrecken kann

KRÜPPEL
Der Asyldirektor spart an uns Holz
KRÜPPEL
Und Nägel
KRÜPPEL
Und Leim
KRÜPPEL
Geld
ZWEI KRÜPPEL
Bettwäsche und Matratzen
KRÜPPEL
Wir liegen in Betten
die uns durchschnittlich um zehn bis zwanzig
Zentimeter zu kurz sind
KRÜPPEL
Die zehn bis vierzig Zentimeter kürzer sind
als unsere Körper
KRÜPPEL
Rümpfe
VIER KRÜPPEL
Rümpfe Rümpfe Rümpfe
ALLE *durcheinander*
Ein Skandal
KRÜPPEL
Ich hab immer das Bedürfnis
mich auszustrecken
und kann mich nicht ausstrecken
KRÜPPEL
Wir liegen nicht in Betten
wir liegen in Kisten

DER ÄLTESTE KRÜPPEL *lacht*

Das ist gut: in Kisten

KRÜPPEL

Das ist wahr

KRÜPPEL

Liebe Dame das ist wahr

ALLE

In Kisten in Kisten

KRÜPPEL

Wer das Pech hat
einen zu großen Körper zu haben
und die meisten haben einen zu großen Körper
Mein Freund Ernst August hat einen besonders großen Körper
er hat kurze unansehnliche Beine gehabt
O-Beine im Vertrauen meine liebe Dame
aber einen wie Sie selbst sehen zu großen viel zu großen Körper
genauso ist es mit Karl Ludwig
und mit Ludwig Viktor
und mit Hans Ernst
und mit Ernst Ludwig
und mit Hans Viktor
und mit Karl Ludwig Viktor

DER ÄLTESTE KRÜPPEL

Alle Betten sind gleich groß

KRÜPPEL *verbessernd*

Kisten Kisten

DER ÄLTESTE KRÜPPEL

Alle Kisten sind gleich groß

KRÜPPEL *laut*
Einheitskiste
ZWEI KRÜPPEL
Einheitskiste
ALLE
Wir liegen in Einheitskisten
DER ÄLTESTE KRÜPPEL
Daß ich selber am wenigsten Schmerzen habe beruht darauf
daß ich selbst einen kleinen Körper habe
zur Guten
wie Sie sehen
von Geburt an
ALLE *lachen*
DER ÄLTESTE KRÜPPEL *zur Guten*
Wie sie sehen meine Dame
aber ich habe sehr lange Beine gehabt
die längsten Beine in der Familie
Mein Körper ist von einer erschreckenden Kürze
Darunter habe ich immer zu leiden gehabt
als Kind
solange bis ich auf einmal keine Beine mehr gehabt habe
bis ich ins Asyl gekommen bin
unter meiner Familie habe ich gelitten
unter meinen Eltern und Geschwistern
sie haben alle immer gesagt wenn er nur nicht so lange Beine hätte
wenn er nur nicht einen so erschreckend kurzen Körper hätte

haben sie gesagt liebe Dame
jetzt erleichtert mir mein erschreckend kurzer Oberkörper
mein Leben
alles
Diese kurzen Betten

KRÜPPEL *verbessernd*
Kisten

DER ÄLTESTE KRÜPPEL
Diese kurzen Kisten sind ein Skandal

ALLE *durcheinander*
Ein Skandal

ZWEI KRÜPPEL
Ein Skandal

DER ÄLTESTE KRÜPPEL
Jetzt bin ich in einer viel besseren Lage
ich kann mich ausstrecken
mir ist mein Bett

KRÜPPEL *verbessernd*
Deine Kiste

DER ÄLTESTE KRÜPPEL
Mir ist meine Kiste nicht zu kurz
ich habe den Vorteil eines erschreckend kurzen Körpers
Vor dem Unfall

KRÜPPEL
Erzähl wie es geschehen ist
Er erzählt es so gut

KRÜPPEL
Erzähl

DER ÄLTESTE KRÜPPEL
Ich will nicht
KRÜPPEL
Die Dame will es hören
DER ÄLTESTE KRÜPPEL
Nein
KRÜPPEL
Er erzählt es nur am Freitag
Heute ist Dienstag
Es war im Krieg
DIE GUTE
Im Krieg im Krieg
Aber die andern haben ihre Beine
nach dem Krieg verloren wie ich
nach dem Krieg
Nicht wahr
alle nach dem Krieg
Diener Diener
Wer hat keinen Kaffee mehr
KRÜPPEL
Ich hab keinen Kaffee mehr
DIE GUTE
Johanna
Ludwig August hat keinen Kaffee mehr
KRÜPPEL
Ich nehme ganz einfach diese Schrägstellung ein
zeigt seine Schrägstellung
damit ich in mein Bett
KRÜPPEL *verbessernd*
In deine Kiste

KRÜPPEL

in meine Kiste hineinpasse
Mit dieser Schrägstellung bin ich vollkommen
schmerzlos
zeigt noch einmal seine Schrägstellung
Seht her so ist
meine Schrägstellung

JOHANNA *lacht*

DIE GUTE

Warum lachen Sie
Warum lachen Sie denn
Pause

KRÜPPEL *heißen Kaffee auf das Tischtuch ausspeiend*

Ist der heiß

ALTER KRÜPPEL

Es gibt viele Methoden
sich das Leben in der Kiste
erträglicher zu machen
Karl Ernst schläft oft im Stehen
Wer das jemals gesehen hat

KRÜPPEL

Im Stehen

ALTER KRÜPPEL

Er hat die beste Methode
Aber es gibt natürlich keine Beste Methode
Ihr könnt eure Körper nicht mehr verkürzen
Wir können auch nicht Selbstmord begehen
wir besprechen das oft
das Wie und Wann
Wann und Wie

DER ÄLTESTE KRÜPPEL

Wir beschäftigen uns immer mit dem Gedanken
uns umzubringen

KRÜPPEL

Ich denke immer daran

KRÜPPEL

Immer

KRÜPPEL

Ja

ALTER KRÜPPEL

Aber wir tun es nicht
Wenn so müßten wir es gemeinsam tun
alle zusammen
in einem Augenblick

KRÜPPEL

Im selben Augenblick
mimt Halsabschneiden und Aufhängen

ÄLTESTER KRÜPPEL

Aber wir tun es nicht
Wir denken darüber nach
wir besprechen es
aber wir tun es nicht

DIE GUTE

Ich werde mit dem Asyldirektor sprechen
damit ihr längere Betten bekommt
Zum Geburtstag meines Mannes
spendiere ich euch
längere Betten

ZWEI KRÜPPEL

Kisten Kisten

DIE GUTE

Meine Jahresspende muß in erster Linie
für längere Betten verwendet werden
Abgemacht Johanna
sie bekommen alle längere Betten
Betten in denen sie sich ausstrecken können
zu Boris
hörst du
sie bekommen von mir längere Betten
in denen sie sich ausstrecken können
zu deinem Geburtstag
hörst du

BORIS *nickt*

DIE GUTE

Also längere Betten
Diener Diener

ZWEI KRÜPPEL

Kisten

DIE GUTE

Betten sind immer Kisten
Diener Diener Die Geschenke
Der Asyldirektor ist ja nicht unzugänglich

DIE DIENER *holen die Geschenke vom Geschenktisch und türmen sie vor Boris auf, vor Staunen murmelnde Krüppel. Sind alle Geschenke vor Boris aufgetürmt, vor ihm die Pauke nimmt Boris den Paukenschläger und schlägt dreimal auf die Pauke*

DIE GUTE

Die Pauke ist von Ernstludwig

KRÜPPEL *nickt*

DIE GUTE

Die Klarinette ist von Ernstaugust

KRÜPPEL *nickt*

DIE GUTE

Die Papierschlange ist von Karlernst

KRÜPPEL *nickt*

DIE GUTE

Die Ratsche ist von Ernstludwigaugust

KRÜPPEL *nickt*

DIE GUTE

Die Flasche Met ist von Karlludwigviktor

KRÜPPEL *nickt*

DIE GUTE

Der Hut ist von Karlviktor

KRÜPPEL *nickt*

DIE GUTE

Das Buch ist von Karlaugusternst

KRÜPPEL *nickt*

DIE GUTE

Der ausgestopfte Rabe ist von Karlviktorernst

KRÜPPEL *nickt*

DIE GUTE

Die Springschnur ist von Ernstaugustkarl

KRÜPPEL *nickt*

DIE GUTE

Das Fernglas ist von Augustkarlviktor

KRÜPPEL *nickt*

DIE GUTE

Die Äpfel sind von Johanna

zu Johanna
Infam
zu Boris
Die Offiziersstiefel die du dir immer gewünscht hast
sind von mir
Die langen Unterhosen sind von mir
Die rote Krawatte ist vom Kaplan

BORIS *schlägt dreimal auf die Pauke*

DIE GUTE
Natürlich die Pauke

BORIS *schlägt dreimal auf die Pauke*

DIE GUTE
Die Pauke natürlich

BORIS *schlägt dreimal auf die Pauke*

DIE GUTE *zu Boris*
Schlag nur auf die Pauke

BORIS *schlägt sechzehnmal auf die Pauke, währenddessen*

DER ÄLTESTE KRÜPPEL *zur Guten*
Wir denken fortwährend darüber nach auf welche Weise
der Selbstmord
für uns am erträglichsten ist

KRÜPPEL
Immer mit Was
und auf welche Weise

KRÜPPEL
mit den Leintüchern
mit den Taschenveiteln

KRÜPPEL
mit den Küchenmessern
KRÜPPEL
oder aus dem Fenster springen
KRÜPPEL
Wir beschäftigen uns fortwährend mit diesem Gedanken
Wir haben keinen andern Gedanken
KRÜPPEL
Es ist unsre einzige Abwechslung
KRÜPPEL
Wir tun es nicht
aber wir besprechen es
DER JÜNGSTE KRÜPPEL
Mir hat geträumt ich hab es getan
mit der Krawatte
BORIS *trinkt aus der Metflasche*
mit einer roten Krawatte
und keiner von euch hats bemerkt
DER ÄLTESTE KRÜPPEL
Er träumt nichts anderes
KRÜPPEL
Mir träumt immer
ich bringe euch um
BORIS *ratscht*
KRÜPPEL *zu seinem Nachbarn*
Du ißt zu viel
DIE GUTE
Nehmt nehmt
eßt eßt

Ihr müßt alles aufessen

BORIS *schlägt sechsmal auf die Pauke*

DIE GUTE *zu ihm hinschauend*

Die Pauke dann
Wie ich mich auf das Fest freue
Das ganze Jahr freue ich mich auf das Fest
auf Boris' Geburtstag
und auf euch
Diener Diener
Mein Mann erzählt viel von Ihnen
wenn er mir auch das meiste verschweigt
er behauptet daß Sie alle immer wieder
vornehmlich an den Samstagen
ein Lied gesungen haben
das Lied von der Bachstelze

BORIS *nimmt den ausgestopften Raben und hebt ihn hoch, der Liedtext fällt ihr ein, sie versucht zu singen*

Im Finstern im Finstern
sie fliegt schon lang nicht mehr
im Finstern im Finstern
sie fliegt schon lang nicht mehr
plötzlich befehlend
singt es singt das Lied
ich will das Lied hören

ALLE *schauen sich an*

DIE GUTE *singt das Lied*

KRÜPPEL *fängt zu singen an*

ZWEI KRÜPPEL *singen mit*

SECHS KRÜPPEL *singen mit*

ALLE KRÜPPEL *singen leise, lauter, dann wieder leise*

Im Finstern im Finstern
sie fliegt schon lang nicht mehr
im Finstern im Finstern
sie fliegt schon lang nicht mehr

KRÜPPEL
Halt Halt
nocheinmal von vorn

BORIS *singt mit und taktiert beinahe unhörbar mit dem Paukenschläger*

ALLE
Im Finstern im Finstern
sie fliegt schon lang nicht mehr
im Finstern im Finstern
sie fliegt schon lang nicht mehr
sie saß auf einem Ästchen
sie saß auf einem Ästchen
sie brechen das Lied ab

KRÜPPEL
Mit vollem Magen geht es nicht

BORIS *schlägt viermal so schnell als möglich auf die Pauke*

DER ÄLTESTE KRÜPPEL
Wir sind angefressen
da geht kein Gesang

BORIS *schlägt viermal so schnell als möglich auf die Pauke*

DIE GUTE *summt*
Im Finstern im Finstern

KRÜPPEL *summt mit*

DER ÄLTESTE KRÜPPEL *zu ihm*

Halts Maul
zur Guten
Er kann nicht singen
er kann überhaupt nicht singen
es gibt einige unter uns
die überhaupt nicht singen können
Wir singen meine Dame
oder wir denken an Selbstmord

BORIS *schlägt so schnell es geht viermal auf die Pauke*

DIE GUTE

Ist es wahr daß in den Asylbetten Ungeziefer ist

DER ÄLTESTE KRÜPPEL

Die Wahrheit liebe Dame
es ist wahr
im Asyl ist Ungeziefer
und in den Asylbetten ist das meiste Ungeziefer
es ist die Wahrheit

DIE GUTE

Ich habe meinem Mann nicht geglaubt

BORIS *schlägt so schnell als möglich viermal auf die Pauke*

Weil er nur die Pauke hat
zu Boris
Nicht wahr ich habe dir
zu den andern
Bei jeder Gelegenheit ißt er
stimmt das daß ihr bestraft werdet
wenn ihr euch beschwert
wenn ihr euch wegen des Ungeziefers beim Asyldirektor beschwert

ALLE *nicken*

DER ÄLTESTE KRÜPPEL

Es stimmt meine Dame
Wir dürfen uns beschweren
aber es nützt nichts

KRÜPPEL

Nichts

DER JÜNGSTE KRÜPPEL

Nichts

DIE GUTE

Mein Mann hat sich nie beschwert
nicht wahr
mein Mann hat sich nie beschwert
er hätte sich lieber auffressen lassen

BORIS *schlägt viermal so schnell als möglich auf die Pauke*

DIE GUTE *zu Boris*

Nicht wahr du hättest dich lieber auffressen lassen

BORIS *schlägt viermal so schnell als möglich auf die Pauke*

DIE GUTE

Einmal hat er sich aufgelehnt
gegen den Friseur
gegen den Anstaltsfriseur

KRÜPPEL

Das Schwein

ALLE *durcheinander*

Der Friseur ist ein Schwein

KRÜPPEL

Er tut jedem weh

er schneidet jedem ins Gesicht
ins Ohr
in den Hinterkopf
in den Hals
ins Kinn

KRÜPPEL
Wohin er kann
wohin er will

DIE GUTE
Die Friseure sind alle gleich

KRÜPPEL
Wie die Ärzte

KRÜPPEL
Die Ärzte sind Schweine

ALLE *durcheinander*
Die Ärzte sind Schweine

DIE PFLEGER *treten einen Schritt vor*

ALLE *durcheinander*
Schweine Scharlatane
Scharlatane Scharlatane
Schweine
die Ärzte sind Schweine und Scharlatane

DER JÜNGSTE KRÜPPEL
Schweine

DIE GUTE
Merkwürdig
das alles
ist merkwürdig

ALLE
Schweine

Scharlatane

DER ÄLTESTE KRÜPPEL

Es gehört schon lange eine neue
Asylordnung

ALLE

Eine neue Asylordnung

BORIS *schlägt sechzehnmal, immer viermal schnell, zweimal langsam, und immer lauter, auf die Pauke, währenddessen*

KRÜPPEL

Allmonatliche gründliche Inspektionen

KRÜPPEL

Von oben

KRÜPPEL

Gründliche Inspektionen

ALLE *durcheinander*

Gründliche Inspektionen
Inspektionen gründliche

DER JÜNGSTE KRÜPPEL

Absetzen absetzen

ALLE *durcheinander immer lauter*

Absetzen absetzen

DIE PFLEGER *treten näher*

ALLE

Absetzen absetzen

DIE GUTE

Ruhe Ruhe

BORIS *schlägt sechzehnmal, immer viermal schnell, zweimal langsam und immer lauter auf die Pauke, währenddessen*

DIE GUTE
Ruhe Ruhe

ALLE
Absetzen absetzen
ein besseres Essen
frische Bettwäsche
neue Rollstühle
neue Rollstühle
neue Rollstühle

KRÜPPEL
Mehr Schwestern
weniger faule Ärzte

KRÜPPEL
Die Ärzte sind faul

KRÜPPEL
Schweine

ALLE *durcheinander*
Neue Rollstühle
Mehr Bewegungsmöglichkeiten
bessere Medikamente
Bewegung

KRÜPPEL
Ein anderer Friseur muß her

BORIS *schlägt immer lauter auf die Pauke*

ALLE *durcheinander*
Ein neuer Chirurg
ein neuer Chirurg
absetzen

DIE GUTE
Ruhe Ruhe

gibt es denn gar keine Abwechslung im Asyl
kommen denn keine Vortragskünstler
keine Tänzer keine Schriftsteller
Vortragsreisende
Taschenspieler Wahrsagerinnen
engagiert denn das Asyl keine Vortragskünstler
Einer der vorliest genügt oft
der eine Taube oder einen Hund verschwinden läßt
um eine Depression
oder um fürchterliche Depressionen

BORIS *schlägt noch lauter auf die Pauke*

DIE GUTE *schreiend*
Mir hilft es über die schwierigsten Situationen
wenn ich meiner Vorleserin
schaut auf Johanna
zuhöre Johanna zuhöre
ich kann mir vorstellen wenn ab und zu
wenn ab und zu ein lustiger Mensch

BORIS *schlägt noch lauter auf die Pauke*

DIE GUTE
ein besonders lustiger oder besonders gescheiter Mensch
in das Asyl käme

KRÜPPEL
Wir brauchen keine Künstler
Wir brauchen keine Vortragskünstler

DIE GUTE
Ja aber

BORIS *schlägt noch lauter auf die Pauke*

DER ÄLTESTE KRÜPPEL
Wir brauchen besseres Essen
längere Betten
Verbesserungen unseres Allgemeinzustandes
keine Künstler
keine gescheiten Menschen liebe Frau
meine liebe Dame
wir machen uns unsere Späße selbst
und wir entwickeln unsere eigenen Philosophien

ALLE *nicken*

BORIS *schlägt noch lauter zwölfmal sehr rasch auf die Pauke und fällt, ohne daß es jemand bemerkt, wie tot mit dem Kopf auf den Tisch*

DER ÄLTESTE KRÜPPEL
Ludwigviktor zum Beispiel
kann sich selber verschwinden lassen
er ist einfach weg
man sieht ihn nicht mehr nichts
er ist einfach verschwunden
wenn er seinen Pfiff pfeift
er nennt ihn den Verschwindepfiff
oder Ernstaugust
der sich einfach verdoppelt
oder wenn es sein muß sich auch verdreifachen kann
Sie trauen Ihren Augen nicht meine Dame
zu Ernstludwigviktor
He Ernstludwigviktor zeig der Dame dein Kunststück
zeig daß du nicht nur einen Kopf auf hast sondern vier

vier gleiche oder jedenfalls zum verwechseln
ähnliche
zeig doch der Dame dein Kunststück
KRÜPPEL *schüttelt den Kopf*
DER ÄLTESTE KRÜPPEL
Er will nicht
es geht nicht wenn er nicht will
er sagt es geht nicht
er empfindet jedesmal wenn er vier Köpfe hat
sagt er
was auch verständlich ist
den vierfachen Schmerz sagt er
vier Köpfe tun viermal so weh wie ein Kopf
der einfache Kopfschmerz bringt ihn schon zur
Verzweiflung
Und denken Sie meine liebe Dame der vierfache
macht nichts Ernstludwigviktor
wir sind alle immer wieder überrascht daß auf ihm
alle vier Köpfe Platz haben
wo ihm einer schon viel zu schwer ist
Er wundert sich selber
Nein meine Dame wir machen uns unsere Späße
selber
Aber meine Dame was Ludwigkarlernst macht
das verschweige ich lieber
oder Karlviktorernst
Er schneidet sich völlig schmerzlos
Nein meine Dame nein
oder Karlludwigernst
nein meine Dame nein

Boris gab uns immer ein paar Augenblicke das Gefühl
daß wir Beine haben
aber es gelang ihm nicht immer
dieses Kunststück verlangte von ihm eine übermenschliche Konzentration
Manchmal wenn wir es wünschten
warteten wir auf dieses Gefühl
vergeblich
Karlaugust macht uns vor er sei unser König
wir sehen auf seinem Kopf eine Krone
und finden daß seine Nase gut zu
seinen königlichen Pausbacken paßt
Ernstaugust nennt sich oft Herzog
Karlviktor oft einen Schweinehund
der sein Leben vergrunzt und verbellt
oder wir erzählen uns gegenseitig
wenn wir keine Koliken haben
keine Verdauungsstörungen oder sonstigen Körperkomplikationen
die Fehler die wir gemacht haben
die Unvorsichtigkeiten die dazu geführt haben
daß wir keine Beine mehr haben liebe Dame
Karlludwig hat sie in Frankreich
Karlaugust in England
Ernstludwig in Irland verloren
ich selber auf dem Stadtplatz in Paderborn
Ernstludwigaugust wurden sie von den Ärzten
in einer qualvollen Prozedur abgeschnitten
mein Fall ist ein ähnlicher Fall

mir hat ein Hund ein Wolfshund
der einem Nürnberger Gebäudeverwalter gehörte
in beide Beine gebissen
die Ärzte haben sie mir binnen drei Tagen
noch dazu bei Föhnwetter
abnehmen müssen
ich habe es erst drei Wochen später bemerkt
wie ich aufwachte
aus der Narkose

KRÜPPEL

Aus der Narkose

DER ÄLTESTE KRÜPPEL

Ein schönes Spiel ist unser Spiel Gehweitfort
das wir spielen
sind wir in England
sprechen wir englisch
sind wir in Frankreich
französisch
wie auch anders
oder wir machen die Hunde nach
und verbellen unsere Zeit
oder die Kühe
und lassen uns melken
Unser Gebildetster ist ohne Zweifel außer mir
Ernstludwigviktor
er zitiert uns die ganze große Literatur
bis herauf an den jüngsten Tag
bis wir sagen er soll das Maul halten
Aber Karlernst meine Dame macht immer das
größte Kunststück

er schneidet sich vor uns den Kopf ab
und ohrfeigt ihn in der Luft
bis wir es nicht mehr aushalten zuzuschaun
er sagt dann wenn er ihn wieder aufsetzt immer
er habe jetzt wieder einen neuen Kopf auf
und verstünde das Leben besser
sieht jetzt, daß alle müde sind
zur Guten
Meine Dame es ist
wie Sie sehen alles aufgegessen
außerdem hat jeden von uns die Müdigkeit
gähnt
die Müdigkeit sehen Sie
ich glaube es ist Zeit daß wir gehen

ALLE *stoßen sich an*

KRÜPPEL
Ein gutes Essen

DER ÄLTESTE KRÜPPEL *zur Guten*
Ein gutes Essen und Trinken meine Dame
ein schöner Geburtstag
Wenn von Ihnen gesprochen wird
ist von der Guten die Rede
immer nur von der Guten
zu allen
Sagt Dankeschön
sagt Dankeschön der Dame
sagt der Dame Dankeschön

ALLE *durcheinander*
Dankeschön Dankeschön
dankeschön dankeschön

KRÜPPEL *rüttelt Boris*

DER ÄLTESTE KRÜPPEL

Boris

KRÜPPEL *rüttelt Boris mehrere Male*

ALLE *schauen auf Boris*

JOHANNA *plötzlich*

Er ist tot

schreiend

Er ist tot

zur Guten

Er ist tot

Boris ist tot

ALLE *mit Ausnahme der Guten entfernen sich, sich selber schiebend oder von den Pflegern und Dienern geschoben schweigend und mit ihren Rücken zuerst auf den Rollstühlen aus dem Raum. Kaum ist die Gute mit dem toten Boris allein, bricht sie in ein fürchterliches Gelächter aus*

Ende

Thomas Bernhard
Sein Werk im Suhrkamp Verlag

Alte Meister. Komödie. Leinen, BS 1120 und st 1553
Amras. Erzählung. BS 489 und st 1506
Auslöschung. Ein Zerfall. Leinen und st 1563
Beton. Erzählung. Leinen, BS 857 und st 1488
Die Billigesser. st 1489
Claus Peymann kauft sich eine Hose und geht mit mir essen. Drei Dramolette. Bütten-Broschur und st 2222
Der deutsche Mittagstisch. Dramolette. Mit zahlreichen Abbildungen. es 1480
Elisabeth II. Keine Komödie. BS 964
Ereignisse. Bütten-Broschur und st 2309
Erzählungen. st 1564
Frost. BS 1145 und st 47
Gehen. st 5
Gesammelte Gedichte. Herausgegeben von Volker Bohn. Leinen und st 2262
Heldenplatz. BS 997 und st 2474
Holzfällen. Eine Erregung. Leinen, BS 927 und st 1523
Der Ignorant und der Wahnsinnige. BS 317
In der Höhe – Rettungsversuch, Unsinn. BS 1058
In hora mortis. IB 1035
Interviews. Erstausgabe. st 1844
Die Irren. Die Häftlinge. IB 1101
Ja. st 1507
Das Kalkwerk. Roman. st 128
Korrektur. Roman. Leinen und st 1533
Die Macht der Gewohnheit. Komödie. BS 415
Midland in Stilfs. Drei Erzählungen. BS 272
Der Schein trügt. BS 818
Der Stimmenimitator. Leinen, BS 770 und st 1473
Stücke 1. Ein Fest für Boris. Der Ignorant und der Wahnsinnige. Die Jagdgesellschaft. Die Macht der Gewohnheit. st 1524
Stücke 2. Der Präsident. Die Berühmten. Minetti. Immanuel Kant. st 1534
Stücke 3. Vor dem Ruhestand. Der Weltverbesserer. Über allen Gipfeln ist Ruh. Am Ziel. Der Schein trügt. st 1544
Stücke 4. Der Theatermacher. Ritter, Dene, Voss. Einfach kompliziert. Elisabeth II. st 1554
Der Theatermacher. BS 870

22/1/8.95

Thomas Bernhard
Sein Werk im Suhrkamp Verlag

Ungenach. Erzählung. st 1543
Der Untergeher. Roman. Leinen, BS 899 und st 1497
Verstörung. BS 229 und st 1480
Watten. Ein Nachlaß. st 1498
Wittgensteins Neffe. Eine Freundschaft. BS 788 und st 1465

Thomas Bernhard-Lesebuch. Zusammengestellt von Raimund Fellinger. st 2158

Zu Thomas Bernhard

Augustin Baumgartner: Auf den Spuren Thomas Bernhards. Mit etwa 50 vierfarbigen Abbildungen. SV. Gebunden

Materialien

Antiautobiographie. Zu Thomas Bernhards »Auslöschung«. Herausgegeben von Irène Heidelberger-Leonard und Hans Höller. st 2488
Thomas Bernhard. Werkgeschichte. Herausgegeben von Jens Dittmar. stm. st 2002

22/2/8.95